JOSÉ MAVIAEL MONTEIRO

A ESTRANHA MONTANHA QUE RONCAVA

ILUSTRAÇÕES
RICARDO GIROTTO

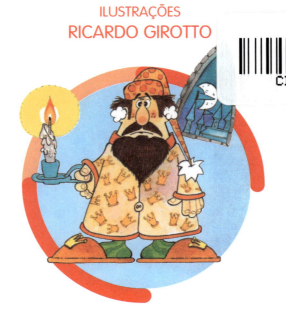

editora scipione

Esta edição possui o mesmo texto ficcional das edições anteriores.
Este livro foi originalmente publicado na Coleção Histórias do Reino, da Editora Scipione.

A estranha montanha que roncava
© José Maviael Monteiro, 1992

Diretoria de conteúdo e inovação pedagógica Mário Ghio Júnior
Diretoria editorial Lidiane Vivaldini Olo
Gerência editorial Paulo Nascimento Verano
Edição Elza Mendes

Arte
Ricardo de Gan Braga (superv.), Soraia Pauli Scarpa (coord.) e Thatiana Kalaes (assist.)
Projeto gráfico Gláucia Correa Koller, Soraia Scarpa (adaptação)

Revisão
Hélia de Jesus Gonsaga (ger.), Rosângela Muricy (coord.), Barbara Molnar,
Brenda Morais e Gabriela Lubascher Miragaia (estags.)

Iconografia
Sílvio Kligin (superv.), Cesar Wolf e Fernanda Crevin (tratamento de imagem)

CIP-BRASIL. CATALOGAÇÃO NA FONTE
SINDICATO NACIONAL DOS EDITORES DE LIVROS, RJ

M774e
2. ed.

Monteiro, José Maviael, 1931-1992
  A estranha montanha que roncava / José Maviael Monteiro ; ilustração Ricardo Girotto. - 2. ed. - São Paulo: Scipione, 2015.
  32 p. : il.; (Biblioteca marcha criança)

  ISBN 978-85-262-9800-2

  1. Ficção infantojuvenil brasileira. I. Girotto, Ricardo. II. Título. III. Série.

15-25067
CDD: 028.5
CDU: 087.5

Código da obra CL 739128
CAE 552163

2018
2ª edição
5ª impressão
Impressão e acabamento:
Vox Gráfica

editora scipione

Direitos desta edição cedidos à Editora Scipione S.A., 1992
Avenida das Nações Unidas, 7221
Pinheiros – São Paulo – SP – CEP 05425-902
Tel.: 4003-3061 / atendimento@scipione.com.br
www.scipione.com.br

IMPORTANTE: Ao comprar um livro, você remunera e reconhece o trabalho do autor e o de muitos outros profissionais envolvidos na produção editorial e na comercialização das obras: editores, revisores, diagramadores, ilustradores, gráficos, divulgadores, distribuidores, livreiros, entre outros. Ajude-nos a combater a cópia ilegal! Ela gera desemprego, prejudica a difusão da cultura e encarece os livros que você compra.

A Rainha acordou certa noite ouvindo um estranho rooooooommmmmmmmmm. Pensou que o marido estivesse roncando. Quis acordá-lo, mas o Rei dormia tranquilamente e sequer ressonava. Mesmo assim, chamou-o:

— Escute! — disse ela, pedindo que o Rei ficasse atento e calado.

ROOOOOOOOOOMMMM!

O ruído não parava.

— O que é isso? — perguntou a Rainha.

— Deve ser alguém roncando — respondeu o Rei, sem dar maior importância.

— Como alguém roncando, marido? Não há ninguém aqui no quarto além de nós dois, e estamos acordados...

— Pode ser algum ladrão embaixo da cama — disse o Rei displicentemente.

— E você não faz nada? — reclamou a Rainha. — Mexa-se, homem! Daqui a pouco roubam a sua coroa e você nem toma conhecimento.

— Aaaaahhhhhh! — bocejou o Rei, enquanto se levantava e pegava a vela acesa na mesa de cabeceira. Calçou os chinelos e abaixou-se para ver se tinha algum ladrão embaixo da cama.

Não viu ninguém. Deitou-se no tapete para enxergar melhor e, quando encostou o ouvido no chão, tomou um susto:

O ronco estava mais forte. Levantou a cabeça e chamou:

— Venha cá, mulher.

Não fica bem para um Rei e uma Rainha se deitar no chão. Mas, sozinhos no quarto, os dois colaram o ouvido no chão. A Rainha deu um pulo
e caiu sentada, pálida e trêmula:

— Ma-marido! O que é isso?

Ele não se perturbou. Tinha resposta para tudo...

— Já sei. É o chefe da guarda. Ele fica na sala embaixo do nosso quarto e está roncando.

— Mas se ele está roncando, é porque está dormindo. E se está dormindo, não está guardando nada — deduziu a Rainha. — Você tem que demiti-lo!

Mas o Rei não queria se aborrecer àquela hora da madrugada. Ajeitou a touca na cabeça, endireitou o camisolão e já se preparava para meter-se novamente embaixo do cobertor, quando a Rainha insistiu:

— Você tem que tomar uma providência imediata. Deve chamar o chefe da guarda **agora mesmo** e demiti-lo.

— Amanhã eu faço isso...

— Amanhã, não. Agora! — E, sem dizer mais nada, a Rainha pegou a sineta que servia para chamar a guarda e tocou com força.

No mesmo instante bateram à porta do quarto.

A Rainha foi abrir e lá estava o chefe da guarda à frente de dez arqueiros, todos uniformizados, prontos para qualquer eventualidade.

— Pronto, Majestade. O que aconteceu? — perguntou o homem.

— Nada — respondeu a Rainha, decepcionada com a eficiência da guarda.

E, se estavam acordados e prontos para qualquer emergência, não eram eles que faziam o estranho barulho.

E o ronco continuava:

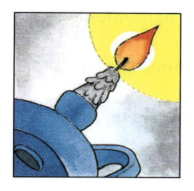

O Rei já estava dormindo outra vez quando a Rainha o sacudiu novamente.

— Acorde, marido. O ronco continua.

— Devem ser ratos — disse o Rei, sem abrir os olhos.

— Ratos?! — quase gritou a Rainha, sacudindo o marido com mais força ainda. — Ratos? Acorde. Onde estão os ratos? Eu não durmo enquanto você não os matar.

— Que ratos? — perguntou o Rei, sonolento, sem saber o que estava acontecendo.

— Você disse que eram os ratos que estavam roncando.

— Ratos não roncam, mulher — disse ele, sentando-se na cama. — Ratos chiam.

— Mas pode ser que eles ronquem — duvidou a Rainha.

— Só se forem ratos muito grandes, do tamanho de um gato ou de um cachorro.

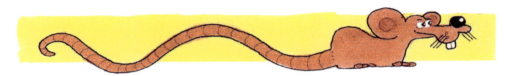

— Tem rato desse tamanho? — perguntou ela, apavorada.

— Se tem, não sei. Mas, para roncar desse jeito, tem que ser muito grande.

— Acho melhor você chamar o chefe da limpeza para matar os ratos.

— Agora? — resmungou o Rei. — Deixe para amanhã.

— Amanhã? — espantou-se a Rainha. — Amanhã já estaremos todos mortos. Passar uma noite inteira com ratos do tamanho de um cachorro no quarto? E ainda mais roncando... O que será de nós?

O chefe da limpeza foi acordado. Reviraram o quarto real, revistaram todos os cantos, mas nada foi encontrado, a não ser algumas baratas, que foram mortas.

Já estava amanhecendo e o Rei, cansado da noite maldormida, espreguiçou-se na cama e disse:
— Eram as baratas que estavam roncando. Vamos aproveitar o restinho da noite para dormir.
— Fechou os olhos no momento exato em que o sol lançava seus primeiros raios no horizonte.
Sentada na cama, a Rainha, convencida de que as baratas tinham sido mortas injustamente, apurava o ouvido para se certificar se o ronco continuava:

Ao amanhecer, os ruídos normais do castelo esconderam o estranho ronco, mas a Rainha só se tranquilizou depois que o Rei mandou fazer uma vistoria completa no castelo. Não foi encontrado nenhum leão, onça ou qualquer outro animal que roncasse daquele jeito, e ela acabou esquecendo o assunto.

Tranquilizada, a Rainha deitou-se à hora costumeira, mas bastou encostar a cabeça no travesseiro...

— Marido, ouça o ronco!
— Que ronco? Ainda nem me deitei...
— O ronco de ontem. Escute.
Ele ficou quieto e escutou:

Agora era preciso tomar alguma providência. O chefe da guarda foi chamado outra vez. O chefe da limpeza, o da despensa, o da cozinha, o da cavalariça, o das oficinas, o das carruagens — o castelo inteiro foi despertado e cada um recebeu a mesma ordem: descobrir a origem do ronco, que agora não era escutado apenas no quarto real. Em qualquer parte do castelo, mesmo baixinho, era possível ouvi-lo.

Vira e revira. Mexe e remexe. Ninguém conseguiu saber de onde vinha o ronco. Ele não era produzido por qualquer animal, por uma máquina, pela água do rio que passava ali perto, pelo vento que assoviava nas torres do castelo. Era um ruído estranho que não parava, que vinha de longe e, ao mesmo tempo, ali de perto.

Naquela noite ninguém dormiu. O rooooommmmmmmmm deixou todos acordados, sem saber o que fazer.

Daquele dia em diante, o estranho ronco passou a ser ouvido não só no silêncio da madrugada, mas a qualquer hora do dia e da noite. E cada vez mais forte.

A Rainha continuava assustada. Reclamava ao Rei:

— Marido, é preciso chamar os sábios do Reino para descobrir a origem disso.

— O ronco não faz mal a ninguém — respondeu o Rei. — Eu até já me acostumei com ele. Esse barulhinho constante ajuda a pegar no sono. É como chuva batendo no telhado.

— Pode ser uma coisa grave, marido.

— Que grave que nada. Já examinamos todo o castelo e não encontramos nada.

— Pode vir de fora do castelo...

Ele riu:

— De onde? Do sol? Da lua?

— Não sei, mas você tem que chamar os sábios.

Não foi ainda nessa ocasião que a Rainha conseguiu convencer o Rei. Somente quinze dias depois, com o ronco cada vez mais forte, o Rei mandou chamar o sábio Ensimar para descobrir a causa do estranho ronco.

O sábio estudou, estudou, estudou e, três meses depois, apresentou um extenso relatório, concluindo que o ronco existia mesmo.

Um pouco aborrecido por ter de interromper uma partida de pingue-pongue, o Rei recebeu o sábio Ensimar e, com o relatório debaixo do braço, foi falar com a Rainha, que não parava de reclamar do ronco.

— Olhe aqui, minha querida Rainha, o resultado dos estudos feitos por nosso grande sábio. Durante três meses, ele e sua equipe trabalharam sem parar, usando os mais modernos métodos científicos e os mais avançados aparelhos de pesquisa, e concluíram, de modo definitivo e absoluto, que na realidade o ronco existe.

— E daí? — perguntou a Rainha, interessada.
— De onde vem o ronco? O que se pode fazer para acabar com ele?

O Rei ficou sem graça. Não tinha pensado nisso...

— Bem... bem... bem... é preciso nomear uma comissão para fazer estudos mais profundos e conclusivos.

De repente:

O enorme ruído interrompeu a conversa dos dois, salvando o Rei de uma bronca da Rainha, que caiu desmaiada.

Quando o Rei pensou em pedir socorro, uma multidão de ministros, nobres e empregados do castelo já vinha correndo ao seu encontro, todos assustados com o barulho tão forte que, segundo alguns, provocou até um leve tremor do chão.

— Um médico, um médico! Chamem um médico que a Rainha está desmaiada! — gritou o Rei.

O médico, que já estava ao lado do Rei, aplicou compressas na testa da Rainha e deu sais para ela cheirar. Pouco a pouco, a Rainha voltou a si e foi dizendo:

— Eu vou embora. Não fico mais nem um minuto aqui!

— Vai para onde? — perguntou o Rei.

— Não sei. Vou para qualquer outro lugar. Aqui é que não fico mais.

— Você está nervosa, querida — disse o Rei, tentando acalmar a mulher. — Olhe aí, o barulho já passou. Agora só ficou aquele ronquinho bem fraquinho.

— É, mas eu não fico mais aqui. Fique você sozinho — disse a Rainha de modo definitivo.

O Rei olhou para o Ministro do Turismo e determinou:

— Ministro, a Rainha está assustada. Ela precisa de um descanso. Mande preparar o melhor tapete voador do Reino para ela fazer uma viagem de recreio. Quero que tenha a melhor viagem possível.

O Ministro fez uma profunda reverência e disse:

— Será feita a sua vontade, Majestade. Sua Alteza, a Rainha, pode preparar-se para a viagem.

    Quando a Rainha afastou-se um pouco, o Ministro falou baixinho, quase ao ouvido do Rei:

— Majestade, tenho medo de que a Rainha não faça um bom passeio. O ronco tem sido ouvido em vários lugares do Reino. O povo anda assustado...

— Povo ignorante! — interrompeu o Rei.

— É que o ronco vem sendo ouvido há muito tempo. E ele tem aumentado de intensidade.

— Povo medroso, covarde! — bradou o Rei. — Um ruidozinho à toa que não faz mal a ninguém. Você já viu alguém morrer por causa de um ronco? Essa gente está com medo de quê?

— O povo é supersticioso, Majestade. Tem seus medos.

— Pois num instante acabo com todos eles — disse o Rei. E, dirigindo-se ao Primeiro-Ministro, ordenou: — Mande comprar mil toneladas de algodão e obrigue todo mundo a colocá-lo nos ouvidos. Assim ninguém mais vai escutar o ruído e o medo vai passar.

O Primeiro-Ministro hesitou:

— Mas, Majestade, com algodão nos ouvidos, ninguém ouvirá nada. Como as pessoas vão conversar?

— Deixem de conversar, ora! É até melhor, pois, se não conversarem, vão trabalhar mais. E quanto mais trabalharem, melhor. Conversando, elas inventam mentiras, fazem fofocas.

O Ministro ia se levantando para cumprir a ordem, quando o Rei disse:

— Para que depois não digam que não tomei providências, quero que seja formada uma comissão para supervisionar os assuntos relativos ao ronco. Nomeie a Superior Comissão do Ronco. Dentro de três meses quero um relatório do que está sendo feito.

O povo não aceitou muito bem a ordem de usar algodão nos ouvidos. Os soldados tiveram muito trabalho para fazê-la ser cumprida, mas, como eles também eram obrigados a ficar com os ouvidos tapados, não escutaram os xingamentos e as reclamações.

A Rainha fez a viagem, mas pouco aproveitou. Por causa do decreto do algodão, ela não podia conversar com suas damas de companhia. Em todos os lugares o silêncio era total.

Enquanto isso, a Superior Comissão do Ronco, formada por trezentas e quarenta e duas personalidades do Reino, esforçava-se, em silenciosas reuniões, para cumprir seus objetivos. Mas nada conseguia. Com os ouvidos cheios de algodão, seus membros faziam os mais disparatados gestos, as mímicas mais ridículas, as mais feias caretas, e não se entendiam. Davam pulos, corriam, deitavam-se no chão, sentavam-se, levantavam-se, faziam gestos com as mãos, com a cabeça, com os pés, mas nada adiantava.

Até que um dia, desesperado, o Presidente da comissão foi pedir ao Rei permissão para que as pessoas que trabalhavam com ele tirassem os chumaços de algodão dos ouvidos.

O Rei consentiu e, quando elas puderam ouvir, mais alto ainda o rondo continuava:

O susto foi geral.

Até que o Rei, que também usava algodão nos ouvidos para não escutar as reclamações dos ministros e, principalmente, da Rainha, quase caiu de costas.

O ronco já não era um ronco. Era um ruído cavernoso e contínuo. Espantado, o Rei olhou para os membros da comissão:

— O que vocês concluíram? Afinal, o que é esse ronco?

O Presidente desculpou-se:

— Majestade, por causa de nossos ouvidos tapados, não pudemos trabalhar a contento. Agora precisamos apenas de mais seis meses para entregar o relatório definitivo.

— Seis meses?! — espantou-se o Rei.

— Sim, Majestade. Seis meses, se nós pudermos contar com mais algumas pessoas para trabalhar conosco.

— Quantas?

— Apenas mais quatrocentas e oitenta e cinco.

E os oitocentos e vinte e sete membros da Superior Comissão do Ronco percorreram todas as dependências do castelo e suas imediações, olhando, ouvindo, tateando, cheirando, medindo, tocando, examinando... Até que, dois meses depois, chegaram a uma descoberta, a uma fantástica descoberta! Correndo, foram contar ao Rei.

— Majestade, depois de longos e exaustivos estudos, com os mais avançados métodos científicos, depois de longas noites de trabalho, descobrimos o problema que tanto aflige Vossa Majestade: o ronco que se mostra tão forte neste castelo, em verdade, vem da montanha vizinha. É a montanha que ronca.

— A montanha que ronca?! — exclamou o Rei.
— Ótimo! Faremos dela uma atração turística! Será a salvação de nosso Reino. Vamos espalhar por todos os cantos que temos uma montanha que ronca, e as pessoas virão aos milhares conhecê-la, trazendo assim riqueza para nosso país.

— E estamos precisando muito que isso aconteça — observou o Primeiro-Ministro. — Majestade, o povo não se conformou com a ordem para tapar os ouvidos e está abandonando o Reino. As pessoas estão levando os bois, os carneiros, os porcos e as aves. Estão abandonando as plantações, trancando as casas, fechando as lojas e as oficinas. Se isso continuar, em pouco tempo o país estará despovoado e arruinado.

O Rei exaltou-se, o que não era de seu temperamento:

— E só agora o senhor vem me contar isso, Ministro? Por que não me disse antes?

— Como eu podia lhe contar se Vossa Majestade estava com chumaços de algodão nos ouvidos? Ainda tentei lhe comunicar por mímica, fazendo gestos, andando de quatro pés para imitar o gado que estava sendo levado embora, fazendo de minha jaqueta uma saia para dizer que as mulheres também estavam fugindo, carregando cadeiras nas costas para imitar o povo levando suas coisas. Mas Vossa Majestade apenas ria, dava gargalhadas como se eu estivesse apresentando um espetáculo de circo.

— É verdade, Ministro. Como o bobo da corte morreu há pouco tempo, eu pensei que o senhor estava querendo me distrair... Estava até pensando em promovê-lo a bobo da corte.

O Ministro não gostou da observação, mas não disse nada.

O Rei continuou:

— Ministro, agora que a Superior Comissão do Ronco terminou o seu trabalho, quero que se forme a Comissão de Aproveitamento Turístico da Montanha que Ronca, com quinhentas e vinte e oito pessoas, das mais importantes do Reino, para apresentar um plano de trabalho.

O Ministro despediu-se com uma longa reverência.

O Rei foi apressadamente à procura da Rainha, que também já não usava mais algodão nos ouvidos:

— Rainha, minha querida mulher! Tenho uma ótima notícia. O nosso Reino tem uma preciosidade natural que não se encontra em nenhum outro lugar do mundo e, para aproveitá-la, já mandei preparar um grandioso projeto turístico para atrair pessoas de outros países. Vamos ganhar um bom dinheiro. Rainha, nós temos uma montanha que ronca!

— E sapateia... — respondeu a Rainha, azeda.

E a Rainha tinha razão. Além do ronco, que agora era um rugido, de vez em quando notava-se uma vibração no solo. O Rei já havia percebido isso, mas como não dava muita importância a essas coisas, pensava que era efeito do vinho que tomava.

Mas a Rainha estava decidida:

— Marido, ou você toma uma providência ou abandono o castelo.

— Estou tomando providências, Rainha. Há oito meses que nomeio comissões, com gente muito importante, para resolver o problema do ronco.

— Descobriram alguma coisa? — perguntou a Rainha, entre interessada e irônica.

— Claro. Descobriram que o ronco não estava no castelo. É a montanha vizinha que ronca. Agora vou nomear outra comissão para estudar a montanha, e dentro de seis meses saberemos o resultado.

A Rainha não ficou muito conformada, mas acabou dando mais uma chance ao marido.

Alguns dias depois, o Primeiro-Ministro informou ao Rei que, depois de muito trabalho, conseguira finalmente reunir, em vez de quinhentas e vinte e oito pessoas, apenas trinta e duas, para formar a Comissão de Aproveitamento Turístico da Montanha que Ronca.

— E as outras? — perguntou o Rei.

— Ninguém quer trabalhar na comissão, Majestade.

— Por quê? Reclamam que não têm trabalho e, quando eu ofereço, não querem.

— É que estão com medo, Majestade.

— Medo? Medo de quê?

— Medo da montanha. Dizem que dentro dela há uma caverna onde vive um dragão.

O Rei soltou uma gargalhada.

— Caverna com dragão? Isso é conto da carochinha.

— Mas elas estão com medo, Majestade.

— Mande prendê-las. Traga-as à força, se for preciso.

O Ministro baixou os olhos e disse, meio sem jeito:

— Elas têm razão, Majestade.

— Elas têm razão?! — gritou o Rei. — Então o senhor também acredita nessas bobagens?

— É que ontem eu fui até a montanha e vi coisas horríveis.

O Rei quis ver com seus próprios olhos. Mandou preparar uma carruagem e, acompanhado do Ministro, saiu do castelo, tomou o caminho da montanha e começou a contorná-la. Então, percebeu que o ronco ficava cada vez mais forte, a terra tremia e havia um calor intenso. As plantas das encostas estavam mortas e a grama, ressequida. De alguns pontos da montanha saía uma fumaça escura que subia para o céu e ia se dissolvendo na atmosfera.

Eram sinais bem claros da existência de um dragão subterrâneo. O ronco, ali, era tão alto que não se podia conversar.

ROOOOOOOOOMMMM!

Nem assim o Rei ficou convencido de que havia perigo para a segurança do castelo. E explicou:

— Aquilo é um rio subterrâneo de água quente. Ele aquece a terra e produz aquela fumacinha que sai pelas fendas das pedras. Essa fumacinha nada mais é que vapor de água. O senhor Ministro sabe muito bem que não existem dragões aqui no Reino. Nunca existiram.

— Pode ser o primeiro... — advertiu o Ministro, meio assustado.

— O senhor Ministro também está com medo? Que gente covarde!

— Majestade, segundo o relatório dos sábios... — começou a falar o Ministro, mas foi interrompido pelo Rei.

— Ora, os sábios não sabem nada! Esse problema tão simples já está me enchendo a paciência. Nunca mais pude jogar uma partida de pingue-pongue, nunca mais fui a uma caçada de javalis, nunca mais dei uma festa no castelo por causa dessa bobagem. Está todo mundo com medo, como se fosse o fim do mundo. Nem consigo mais dormir direito, pois a Rainha me acorda a noite toda dizendo que o ronco aumentou, diminuiu, que o castelo tremeu, que ouviu explosões... um monte de bobagens.

Naquela noite o Rei não dormiu. Era pouco mais de meia-noite quando a Rainha o sacudiu violentamente:

— Acorde, marido, acorde!
— O que aconteceu?
— A montanha está pegando fogo!
— Deixe de bobagem, mulher. Quero dormir. Nem isso posso fazer sossegado?

Mas a Rainha estava nervosa e arrastou o Rei pelo braço até a janela do quarto, de onde se via a montanha. E lá estava ela, iluminada pelo vermelho das chamas, que incendiavam todo o resto de mata.

O Rei ficou pálido e levou um tempão olhando as labaredas, tão altas que pareciam tocar o céu. A Rainha achou que, finalmente, ele se convencera de que havia algo perigoso naquela montanha. Que ali era o esconderijo de um dragão.

— Vamos sair daqui, marido. Vamos para bem longe — disse a Rainha.

— Sair daqui agora? — estranhou o Rei.
— Agora, quando os traidores estão tocando fogo na minha montanha? Querem acabar com meu projeto turístico. Os bandidos estão me traindo.

Pegou a sineta e nervosamente tocou, chamando a guarda do castelo. Ninguém apareceu. Tocou novamente e só na terceira vez é que surgiu o Primeiro-Ministro, totalmente apavorado:

— Majestade, já estou com a carruagem pronta!

— A carruagem pronta? Para quê, Ministro? Para apagar o fogo da montanha?

— Não, para fugirmos daqui.

— Traidor! — explodiu o Rei. — Guardas, guardas, prendam o Primeiro-Ministro!

Nenhum guarda apareceu.

E nesse instante:

ROOOOOOOOOOMMMM!

Foi um ronco terrível. Ou uma explosão? O quarto, de repente, ficou iluminado, como se por um relâmpago de luz vermelha, e logo voltou à penumbra. A Rainha puxou o Rei pela mão com toda a força:

— Vamos embora!

Mas, cabeçudo como ele só, o Rei se recusou:

— Vá embora você. Eu fico para prender os traidores do meu Reino.

Ela não esperou mais e desceu correndo as escadas que levavam ao pátio do castelo. À sua frente ia o Primeiro-Ministro, e, quando ambos chegaram lá embaixo, os últimos habitantes do palácio real já estavam montados em seus cavalos ou metidos em suas carruagens, para fugir dali o mais rápido possível.

A grande ponte levadiça foi abaixada e a pequena caravana deixou para trás o castelo, no qual só ficou o Rei, tocando desesperadamente todos os sinos que encontrava e gritando pelos guardas.

Sozinho, o Rei começou a distribuir xingamentos e gritar ameaças a todos que não o atendiam. Voltou à janela do quarto e dali enxergou as carruagens e os cavaleiros que se afastavam a toda velocidade, abandonando o castelo.

Só então ele notou que, apesar de ser noite, tudo estava claro como se fosse noite de luar, mas de um luar vermelho.

O incêndio da montanha espalhava um clarão, ao mesmo tempo fascinante e sinistro.

Agora, o ronco era um terrível rugido e, de repente, o Rei viu surgir uma bola de fogo que, saindo da montanha, foi lançada a grande distância.

— É o dragão cuspindo! — disse ele, convencido de que os outros tinham razão.

Ainda da janela começou a gritar para a caravana que já ia longe:

— Parem, parem! Esperem por mim! Eu também vou! Parem, parem, esperem-me!

Correu para a porta e desceu as escadas, pulando os degraus de três em três, gritando por socorro. Mas o castelo estava vazio. Chegando ao pátio, foi até a estrebaria em busca de um cavalo. Mas tinham levado todos. Saiu correndo em direção ao portão, quando:

Houve uma explosão. O vulcão que existia embaixo da montanha abriu a terra, destruindo o castelo e tudo o que havia por perto.